Gerhard Freudenhammer

Carcinoma Oesophagi

Antigonos

Gerhard Freudenhammer

Carcinoma Oesophagi

Unveränderter Nachdruck der Originalausgabe von 1873.

1. Auflage 2024 | ISBN: 978-3-38640-255-2

Antigonos Verlag ist ein Imprint der Outlook Verlagsgesellschaft mbH.

Verlag: Outlook Verlag GmbH, Zeilweg 44, 60439 Frankfurt, Deutschland
Vertretungsberechtigt: E. Roepke, Zeilweg 44, 60439 Frankfurt, Deutschland
Druck: Libri Plureos GmbH, Friedensallee 273, 22763 Hamburg, Deutschland

Carcinoma Oesophagi.

INAUGURAL - DISSERTATION,

ZUR

ERLANGUNG DER DOCTORWÜRDE

IN DER

MEDICIN UND CHIRURGIE

VORGELEGT DER

MEDICINISCHEN FACULTÄT

DER FRIEDRICH-WILHELMS-UNIVERSITÄT

ZU BERLIN

UND ÖFFENTLICH ZU VERTHEIDIGEN

am 15. August 1873

VON

Gerhard Freudenhammer

aus Geldern in der Rheinprovinz.

OPPONENTEN:

Alberts, Dd. med.
Broegger, Dd. med.
Kalischer, Dd. med.

BERLIN.

GEDRUCKT BEI M. NIETHE.

SEINEM LIEBEN BRUDER

JACOB FREUDENHAMMER,

RECTOR ZU XANTEN,

IN DANKBARER VEREHRUNG

GEWIDMET

VOM

VERFASSER.

Unter der verhältnissmässig geringen Anzahl krankhafter Affectionen der Speiseröhre ist die krebsige Degeneration die bei weitem häufigste, indem der Krebs mehr als alle übrigen Krankheiten zusammen den Oesophagus zu seiner unheilbringenden Stätte sich wählt.

Wie das Carcinoma Uteri seinen eigentlichen Sitz am Collum hat, so sitzt das Carcinoma Oesophagi nach der Ansicht Virchow's vorzugsweise an drei Stellen, und zwar: 1) Unmittelbar über der Cardia, zuweilen noch auf die Cardia selbst gehend. 2) An der Stelle, wo der Oesophagus sich mit dem linken Bronchus kreuzt. 3) Am seltensten in der Höhe der Cartilago cricoidea, am Isthmus œsophagi.

Nach der Meinung anderer Autoren nimmt das Carcinom gewöhnlich den obern oder untern Theil des Oesophagus ein (Hamburger. Koehler); nur wenn es durch Contiguität fortgepflanzt wird, nimmt es die Stelle ein, welche der krebsigen Affection ausserhalb zunächst liegt (Hamburger). Zuweilen findet sich auch die krebsige Entartung an zwei verschiedenen Stellen des Oesophagus zugleich, z. B. dicht oberhalb der Cardia und im mittleren Drittheil; oder endlich es findet sich fast der ganze Oesophagus in ein gleichmässig infiltrirtes, cylindrisches Krebsrohr verwandelt. (Schuh. Koehler).

Was die Aetiologie des Speiseröhrenkrebses anbetrifft, so tritt derselbe meist primär auf und müssen wir in vielen Fällen auf den Nachweis einer Ursache verzichten. Tabakrauchen, intensive Erkältung, Syphilis, Gicht u. s. w. stehen durchaus nicht in erwiesenem Causalnexus mit Oesophaguscarcinom; jedoch dürfte Abusus Spirituosorum zuweilen als Ursache zu beschuldigen sein. Ausserdem ist noch zu berücksichtigen: 1) Unläugbar trägt dauernder mechanischer Reiz zur Entwickelnng des Speiseröhrenkrebses bei, indem Beobachtungen vorliegen, wo fremde Körper, wie Splitter, Fischgräten und dgl. im degenerirten Gewebe eingebettet gefunden wurden (Hamburger). Ebenso sprechen hierfür die Prädilectionsstellen, indem diese gerade solche sind, welche mechanischen Einwirkungen mehr ausgesetzt sind (Virchow). 2) Der Speiseröhrenkrebs kommt vorzugsweise in vorgeschrittenen Jahren vor (über 45 bis 50 Jahren hinaus). 3) Das männliche Geschlecht wird häufiger davon befallen als das weibliche (Koehler). 4) Erblichkeit desselben ist, wie die des Krebses überhaupt, erwiesen. 5) Bei bestehender Lungentuberculose auftretende Affectionen des Oesophagus sind als krebsverdächtig zu betrachten (Hamburger). 6) Der Speiseröhrenkrebs entsteht, jedoch selten, durch örtliche Ausbreitung benachbarter Krebse, namentlich vom Mediastinum posticum, oder seltener noch vom Schlundkopf oder der Cardia her. 7) Sehr selten tritt er fast gleichzeitig mit Krebsen entfernter Organe auf (Köhler).

Sehen wir, welche Arten des Krebses im Oesophagus vorkommen, so ist nach Schuh „der Faserkrebs häufiger als der Epithelialkrebs und gewiss ebenso häufig als der Markschwamm"; während Koehler sagt: „Histologisch gehören die Krebsablagerungen (des Oesophagus) bald zur harten, bald zur medullaren Form; Scheinkrebs epithelialer Natur ist einmal von Lebert beobachtet." Hamburger seinerseits hält das Encephaloid (Markschwamm) für häufiger als den fibrösen Krebs und nimmt noch das Papillom hier in die Reihe der krebsigen Degeneration auf. Nach mehrern andern Autoren aber findet sich der Epithelialkrebs am häufigsten im Oesophagus, zuweilen auch das gewöhnliche Carcinom, als Markschwamm oder Scirrhus.

Der Epithelialkrebs entsteht stets primär und tritt secundär meist nur in den benachbarten Lymphdrüsen auf, seltener in anderen Organen. Das gewöhnliche Carcinom kommt primär, sekundär und als fortgesetzte Geschwulst im Oesophagus vor und kann sich vom letzteren auf das umgebende Zellgewebe, die Trachea, Lungen, Herzbeutel, Aorta verbreiten und sekundäre Krebsknoten in andern Organen hervorrufen. In den meisten Fällen bleibt das Oesophaguscarcinom auf das primär befallene Organ beschränkt (Hamburger). Die Stätte der primitiven Krebsbildung ist das submuköse Gewebe, von wo sie sich fortpflanzt auf die Schleimhaut einerseits und die Muscularis und nächste Umgebung andererseits. Auf diese Weise entstehen adhäsive Entzündungen und starre Anlöthungen an benachbarte Theile, namentlich die Wirbelsäule, Luftröhre und Bronchien. Durch den Druck oder die sich fortpflanzende Ulceration auf den nervus recurrens sinister entsteht die nicht seltene Heiserkeit.

Die Form des Speiseröhrenkrebses ist bald eine einfache, circumscripte Geschwulst, bald sind's multiple, welche gewöhnlich nach innen hervorspringen und, bis zur Grösse einer Nuss herangewachsen, das Lumen Oesophagi verstopfen können. Häufiger bildet sich eine Infiltration an der vordern oder hintern Wand oder im ganzen Umfang, wodurch eine ringförmige Strictur entsteht. Seltener ist die Infiltration einer grösseren Strecke oder des ganzen Rohr's. Auch sollen weiche gestielte Geschwülste auf faserkrebsiger Basis vorkommen. Die Infiltration kann nach Lebert bis zu 35 $^{mm.}$ dick werden.

Oberhalb der Krebsneubildung findet sich oft eine ansehnliche Dilatation des Oesophagus, da die Muscularis in Folge der verschlechterten Nutrition den andringenden Bissen und der Schlaffheit der Schleimmenbran nur immer geringeren Widerstand zu leisten vermag (Hamburger).

An der Stelle der Krebsgeschwulst oder der krebsigen Infiltration wird das Lumen des

Oesophagus immer mehr verengt und die Verengerung erreicht bisweilen den höchsten Grad des Verschlusses. Nur bei der Infiltration des ganzen Rohres wird das Lumen oft mehr weniger erhalten (Koehler). Mit eintretender Ulceration nimmt die Verengerung häufig ab; es zerfällt die Oberfläche der knotigen oder wallartigen Infiltration und es bildet sich ein verschieden geformtes Geschwür. Bald zeigt sich dasselbe als ein oberflächliches, unebenes, umgeben von einem markig infiltrirten Walle und bedeckt mit blutigen weichen Wucherungen, wobei sich das umgebende Gewebe im Stadium der Erweichung oder Verschrumpfung zeigen kann; bald greift der Process mehr in die Tiefe. Es entsteht alsdann eine Jauchehöhle, welche sich mittelst eines Fistelgangs oder unmittelbar auf die Nachbartheile fortsetzt und so entstehen die abnormen Kommunikationen, die Perforationen.

Der Epithelialkrebs, der von Lebert Cancroid genannt wurde, wird von Schuh eingetheilt in den flachen Krebs, den alveolären und zottigen oder warzigen Epithelialkrebs. Von diesen drei Formen kommt nur der alveoläre Krebs im Oesophagus vor. Mikroskopisch sind in demselben die vorwaltenden Elemente platte grosse, eckig-zackige Zellen, welche einerseits in die langgestreckte Faserzellenform, andererseits, aber seltener, in die runde übergehen. Die Zellen haben 1—2 grosse, eiförmige Kerne. Das Gewebe ist ein deutlich alveoläres. Die platten Zellen gruppiren sich zu kugeligen, oder länglichen, seltener kolbigen Häufchen, welche meist nur von scheinbaren Fasern umhüllt sind. Das Zwischenzellgewebe · ist um so deutlicher gestreift und faserähnlich, je mehr sich die Zellen gestreckt haben. Die Submucosa, wie die Mucosa erscheint meistens, mit Aufgabe ihrer specifischen Structur, ganz in Cancroidgewebe umgewandelt; auch die Muscularis ist nicht selten von Krebszellen durchsetzt, welche sich in spaltförmige Lücken derselben einlagern.

Das Bindegewebscarcinom stellt sich mikroskopisch unter den gewöhnlichen Erscheinungsformen dar. Längliche oder rundliche Krebszellennester zeigen sich von den entsprechend geformten Alveolen eines meist stark ausgebildeten, bindegewebigen, gefässhaltigen Gerüstes umgeben. Die Zellen selbst sind meist bedeutend kleiner, als die des Epithelialkrebses, und finden sich in rundlicheren, weniger unregelmässigen Formen ausgebildet. Mitunter trifft man auch fettige Degeneration einzelner Zellen an, oder sieht grössere Fetttropfen hie und da zusammengehäuft, so namentlich in den Schichten der Muscularis.

Nachdem ich im Vorhergehenden die Aetiologie, sowie die pathologisch anatomischen Verhältnisse der krebsigen Affection des Oesophagus an und für sich dargethan habe, bleibt mir noch übrig, die oft zu Stande kommenden Veränderungen in Nachbarorganen zu erörtern. Am wichtigsten sind hier die bereits oben berührten Perforationen. Man beobachtet am häufigsten die Perforation der Luftröhre, selten die eines Bronchus oder des Kehlkopfes. Ausserdem kommen Kommunikationen mit der Pleurahöhle, der Lunge, der Aorta, dem rechten Aste der Arteria pulmonalis vor, und in einem von Walshe citirten Falle fand durch Erweichung der Wirbel in der Nähe des ulcerirenden Krebses eine tödtliche Läsion des Rückenmarks statt.

Besteht eine Kommunikation mit einer Jauchehöhle im Innern der Lunge, so kann der Krebs in der Lunge oder im Oesophagus seinen primären Sitz haben, in letzterem Falle ist ausserdem Fortleitung zur Pleura und Durchbruch in die Pleurahöhle beobachtet (Koehler).

Neben dem Krebse finden sich auch wohl Infiltrationen in den Lymphdrüsen vor der Wirbelsäule, am Halse oder an den Bronchien und im benachbarten Zellgewebe. Sekundäre Krebse fanden sich an der Cardia, und dann vielleicht von einem degenerirten Lymphdrüsenknäuel abzuleiten, an der Oberfläche des Magens. Dann theils als Gallertkrebswucherung, theils als zahlreiche Knoten unter der Serosa, am Zwerchfell, Pankreas, der Leber, dem Uterus, auf den Lungen und an der Wange. Endlich zeigen sich im spätern Verlaufe des Oesophaguscarcinom's oft Pneumonieen, Gehirnentzündung, retropharyngeale und retrooesophageale Abscesse; ferner und aus der Inanition zu erklären, Gangraena pulmonum, Atrophia hepatis et lienis und schliesslich allgemeiner Marasmus. Tuberkel sind einigemale beobachtet.

Indem ich nun zur Behandlung der klinischen Seite des Speiseröhrenkrebses übergehe,

will ich zunächst einen kurzen Ueberblick über
die Symptome dieser malignen Affection geben.
Unter allen Neubildungen des Oesophagus ist
nur dem Carcinom spontaner Schmerz eigen.
Der Kranke empfindet vage Schmerzen zwischen
den Schultern, in der Tiefe der Brust, im Halse
oder in der Magengegend. Ist das Neugebildete
schon in Erweichung übergegangen, so wird
der Schmerz durch Schlingen erweckt. Die
Haupterscheinung jedoch ist die Dysphagie,
welche nie fehlt und vom Beginne bis zum
Ende zunimmt, bis keine Substanz mehr den
Oesophagus passiren kann und der Kranke des
Hungertodes stirbt. Zu diesen beiden Local-
symptomen gesellt sich noch ein drittes, nämlich
das Regurgitiren und Erbrechen. Bei hohem
Sitz der Strictur erfolgt das Regurgitiren und
Erbrechen wie beim Pharynxkrebs unmittelbar
nach dem Versuche des willkürlichen Schling-
actes. Bei tieferem Sitze werden die Ingesta
in kürzerem oder längerem Zeitraum je nach
Massgabe der Tiefe, entweder leicht oder unter
heftigem, schmerzhaftem Würgen heraufbewegt.
Besteht eine sackartige Ausbuchtung oberhalb
der Strictur, so sammeln sich die Speisen hier
oft eine Zeitlang an, wodurch die Symptome
auffallend verändert werden.

Gegenüber diesen örtlichen Symptomen zeigen sich öfter als allgemeine, bald vermehrte
Schleimsekretion im Rachen, später belegte
Zunge und zuletzt quälender Durst. Manchmal
bemerkt man plastische Entzündung der Schleimhaut, des Schlundkopfes und des obern Theils

des Oesophagus bei acuten Krebsnachschüben. Ausserdem erscheint diese Schleimhautstrecke bei hohem Sitz des Krebses stark geröthet und ist dabei oft beständiger Reiz zum Schlucken, Tenesmus Pharyngis vorhanden, gleichfalls abhängig vom Sitze des Uebels in der Nähe des Schlundkopfes. Gegen das Lebensende zeigen sich Aphthen auf der Mund- und Rachenschleimhaut.

Der Unterleib fällt immer mehr ein, der Stuhl wird träge, gegen das Ende kommen dünne Ausleerungen mit und ohne Kolik vor. Schliesslich treten die Zeichen der Krebskachexie ein, namentlich die gelbe oder erdfahle Hautfarbe. Die ausserordentliche Abnahme der Kräfte und der Ernährung erklären sich grösstentheils aus der Inanition. Die Stimmung des Patienten wird in der letzten Zeit niedergedrückt, die irradiirten Schmerzen vermehren sich bei den Brechbewegungen und es tritt Schlaflosigkeit ein, bis der tödtliche Grad von Marasmus eintritt.

In vielen Fällen wird dieser Symptomencomplex noch vermehrt durch besondere Ereignisse, welche oft schon frühzeitiger den Tod herbeiführen, und welche schon früher unter den pathologisch-anatomischen Veränderungen erwähnt werden mussten. Was die Komplikation des Oesophaguscarcinom's mit Perforation der Luftröhre oder eines Bronchus betrifft, so ruft dieselbe oft nur geringe Symptome hervor. Beim Durchbruch in den Kehlkopf sind aber von Anfang an auffallende Erscheinungen vorhanden. Es erfolgen nach dem Schlingen, überhaupt wenn Ingesta in die Luftwege gelangen, unmittelbar heftige, krampfhafte, oft von Erstickungsangst begleitete Hustenanfälle. Dann beobachtet man Heiserkeit und Abnahme der Stimme, wenn die Perforation nicht zu weit unterhalb der Stimmbänder stattfindet. Das Leben kann mehrere Wochen fortbestehen. Findet Perforation der Lunge und Bildung einer Jauchehöhle in derselben statt, so zeigen sich wie bei jeder andern Infiltration des Lungengewebes (Albers) und bei ganz oder theilweise mit Flüssigkeit gefüllten Kavernen: Dämpfung, Aufhören des normalen Athemgeräusches, metallisches Klingen und nach Umständen Konsonanz der Geräusche. Eingetretene Kommunikation mit der Pleurahöhle charakterisirt sich oft durch ein- oder mehrmaligen Schüttelfrost, heftiges Seitenstechen, plötzlich auftretende starke Dyspnœ. Uebergang des Krebses in's Mediastinum kann Emphysem des Unterhautfettgewebes des Rückens hervorrufen. In Folge von Perforation zum Pericardium entwickelt sich eine heftige, meist rasch lethal verlaufende Pericarditis, wobei oft laute, plätschernde Geräusche von exquisit metallischem Klange die Herztöne verdecken. Diese Geräusche werden durch das Eindringen von Luft und Flüssigkeitsmengen aus dem Oesophagus her hervorgebracht. Durchbruch eines grossen Arterienstammes führt durch innere Blutung oder durch Blutbrechen unter den Erscheinungen der acuten Anaemie den Tod herbei. Die gegen das

Lebensende so häufig auftretenden Pneumonieen verlaufen meist latent, ebenso wird die hinzugetretene tuberculöse Affection meist übersehen, wenn sie sich nicht vor Eintritt der Kachexie bereits bemerkbar machte. Die Dauer der Krankheit beträgt nach Lebert im Durchschnitt 13 Monate, vom Eintritt der Dysphagie bis zum Tode gerechnet. In seltenen Fällen hat die Krankheit 2 Jahre erreicht.

Die Diagnose stützt sich, indem ich rücksichtlich des Vorkommens, der Aetiologie und der Hauptsymptome, des Schmerzens, der Dysphagie und des Erbrechens auf das früher Gesagte verweisen kann, hauptsächlich auf folgende klinische Eigenthümlichkeiten:

1. Die Krankheit macht keinen langen Stillstand, noch weniger Rückschritt, sie macht continuirliche Fortschritte und geht, wo sie nicht früher tödtet, stets in Ulceration über. 2. Die Sonde trifft leicht auf die verhärtete Stelle, erregt anfangs keinen Schmerz; wohl aber später, wenn die Erweichung beginnt. 3. Oberhalb der Stenose findet sich häufig eine Dilatation, die durch Auscultation leicht zu ermitteln ist, indem nach Hamburger an der betreffenden Stelle das Geräusch des Herumspritzens zu vernehmen ist, wenn Speisen hinabgeschluckt werden. Dieses Geräusch entsteht dadurch, dass die in der Ausbuchtung befindliche Luft, da sie durch die Strictur nicht entweichen kann, die Ingesta nach allen Seiten auseinanderspritzt. 4. Oft ist Dyspnoe und Heiserkeit vorhanden. 5. Bei bestehender Ulceration zeigen sich

Gewebstrümmer unter den herausgewürgten Substanzen, welche unterm Mikroskop Aufschluss über die Natur des Leidens geben. 6. Zuweilen sind Halsdrüsen hart infiltrirt. 7. In manchen Fällen stürzt durch die eingeführte Sonde Luft hervor, ohne dass eine Communikation mit dem Respirationsorgan stattfände. Es erklärt sich dies dadurch, dass bisweilen zwei Stricturen übereinander liegen, zwischen denen Luft abgesperrt ist, welche bei Durchführung einer Sonde durch die obere Strictur entweicht. 8. Communikationen sind häufig vorhanden und es zeigen sich nach Perforation der Trachea, der Bronchien oder der Lungen folgende Erscheinungen: a. An dem Punkte, wo die Luftwege perforirt wurden, hört man bald, wenn etwas Flüssiges geschlungen wird, ein helles gurgelndes Geräusch mit metallischem Klang. b. Mit diesem Geräusch zugleich tritt Husten ein, mit welchem die Flüssigkeit expectorirt wird. c. Es entsteht grosse Dyspnoe und es treten die Erscheinungen der Entzündung und der Cavernenbildung auf. d. Bringt man eine elastische Hohlsonde nicht zu tief in den Oesophagus ein, so strömt etwas Luft hervor, was deutlicher wird, wenn man den Kranken stark exspiriren und husten lässt. Auf dies Phänomen werde ich später nochmals näher eingehen. Endlich 9. sind Blutungen nicht ungewöhnlich.

Ausser dem Carcinom des Oesophagus giebt es noch eine Reihe von Krankheiten des Oesophagus selbst, wie auch der Umgebung, welche ähnliche Erscheinungen hervorrufen können und daher in der Differentialdiagnose berücksichtigt werden müssen. Die Durchgängigkeit des Oesophagus kann nämlich, abgesehen vom Krebs, behindert werden: 1. Durch Oesophagitis, wobei sich ein Exsudat an den Längsfalten des Oesophagus absetzt. Anhaltende Störungen werden dadurch nicht bedingt, vielmehr erst durch die Folgen, indem chronische Oesophagitis durch partielle Hypertrophie der Muscularis und der Submucosa zu Oesophagusstrictur führt. Diese Affection kommt in jedem Alter und bei jedem Geschlecht gleich häufig vor und kann durch allerlei Reize entstehen. Spontaner Schmerz ist nicht vorhanden, die Sondirung ist unschmerzhaft und von Erfolg. Die Dauer der Krankheit eine viel längere als beim Krebs. 2. Durch Narbenbildung nach Einführung von kaustischen Alkalien oder Säuren, oder ferner nach syphilitischen Geschwüren. Die Dysphagie und Sondirung sind hierbei schmerzlos. Dilatation oberhalb der Stenose selten und im Uebrigen giebt die Anamnese Aufschluss. 3. Durch andere Neoplasmen, Fibroide und Polypen, welche bei hohem Sitze durch die Palpation oder dadurch zu erkennen sind, dass der Patient beim Würgen ein Aufwärtssteigen eines Körpers wahrnimmt, der später wieder auf eine gewisse Tiefe hinabgeschluckt werden kann (Schuh). 4. Durch Divertikelbildung. Das Diverticulum congenitum besteht lange ohne Beeinträchtigung der Gesundheit. Bei erworbener Erweiterung sämmtlicher Häute und bei Ausstülpung (Hernie) der Schleimhaut, welche den höchsten Grad der Dysphagie zeigen können, findet die Sonde kein Hinderniss und gelangt bisweilen in eine grössere Höhle. 5. Durch fremde Körper, bei denen jedoch die Anamnese und Sondirung, namentlich mit dem Münzenfänger, den nöthigen Aufschluss geben. 6. Durch krampfhafte Strictur, welche der Sonde kein Hinderniss bietet. Der Krampf ist symptomatisch wie bei Hysterie, Hypochondrie, Magenkrebs, bei Gehirnkrankheiten oder Krankheiten des nervus vagus; bald tritt er selbstständig auf. Langes Bestehen solcher Krämpfe zieht Contracturen der Muskeln nach sich, namentlich der querverlaufenden und so entsteht eine bleibende Strictur. 7. Durch Krankheiten benachbarter Theile und zwar hauptsächlich: a. In Folge von Krankheiten der Wirbelsäule: Caries, Necrose. b. Durch Krankheiten der Lymphdrüsen am Halse, namentlich Carcinom. c. Durch Aneurysmen des Arcus Aortae und der Aorta descendens thoracica. d. Durch Pericarditis u. s. w. Die durch a und b bedingten Tumoren und Abscesse comprimiren den Oesophagus und drängen die Wandung in das Lumen hinein, bedingen auch wohl eine Verschiebung des Organs. Die Sonde kann jedoch, manchmal allerdings nur mittelst einer Biegung, an der hervorragenden Stelle der Wandung vorbeikommen und ist das Schlingen, wenn auch erschwert, doch möglich und erfolgt kein Regurgitiren und Erbrechen. Das Aneurysma der Aorta wird aus den physikalischen Symptomen und den subjectiven Begleiterscheinungen meist zu erkennen sein. Bei den andern Affectionen, wie pleuritischen und pericardialen Ergüssen wird die Dysphagie nie eine hochgradige. Zudem kann hier aus dem Fehlen wichtiger Symptome des Speiseröhrenkrebses und dem Vorhandensein anderweitiger physikalischer Zeichen die Diagnose wohl meistens sichergestellt werden.

Dass die Prognosis des Carcinoma œsophagi stets eine pessima sei, geht aus dem **Ganzen** zur Genüge hervor.

Die Therapie kann natürlich nur eine symptomatische sein, da wir keine Specifica gegen die krebsige Degeneration haben. Hamburger empfiehlt das Jodkali, so lange man noch innerlich Medicamente geben könne. Concentrirte Lösungen von Natron bicarbonicum (10 : 100) sollen selbst bei hohen Graden von Dysphagie vorübergehende Erleichterung verschaffen. Im Uebrigen besteht unsere Aufgabe darin, die Obstructio alvi, falls sie grosse Beschwerden macht, durch Klystiere milder Laxantien zu bekämpfen und den quälenden Durst durch Einlegen von Eisstückchen in den Mund, oder von Apfelscheiben oder Pomeranzen. Den manchmal äusserst qualvollen Schmerzen und der aufreibenden Schlaflosigkeit gegenüber steht der Arzt oft machtlos da, zumal bei langsam sich dahinschleppendem Leiden. Desshalb ist es rathsam zur Bekämpfung dieser gefährlichen Feinde mit den gelindern Narcoticis: Extract. Belladonnae, Folia Hyoscyami zu beginnen, und erst, wenn diese uns in Stich lassen, zum

Opium und Morphium zu greifen; widrigenfalls
man, da der menschliche Organismus sich bald
an die Opiate gewöhnt, kein kräftigeres, Erfolg
versprechendes Mittel mehr zur Hand haben
würde, wo es vielleicht am meisten erwünscht
wäre. Ausserdem ist bei grosser Beschwerde
des Schlingens indicirt, vermittelst einer vor-
sichtig, entweder durch den Mund oder die
Nase, eingeführten feinen Hohlsonde kräftige
flüssige Nahrung in den Magen einzubringen.
Gelangt man aber auch mit einer feinen Schlund-
sonde nicht mehr durch die Strictur, so stehen
wir vor dem schwierigen Problem. der künst-
lichen Ernährung durch Klystiere per anum.

Bevor ich zur Erörterung dieser Frage
übergehe, möchte ich hier in gedrängter Kürze
die Geschichte eines Falles von Carcinoma
Oesophagi folgen lassen, der durch einen
seltenern Ausgang, nämlich Communikation mit
dem linken Bronchus ausgezeichnet ist und
welchen Herr Geheimrath Professor Frerichs
die Güte hatte, mir zur Veröffentlichung zu
überlassen und erfülle ich an dieser Stelle die
mir angenehme Pflicht, demselben meinen leb-
haften Dank dafür auszusprechen. Zu gleichem
Danke bin ich dem Herrn Assistenten Dr.
A. Ewald verpflichtet, unter dessen specieller
Leitung der Fall beobachtet wurde und welcher
mir mit zuvorkommender Freundlichkeit über
die Einzelheiten desselben sowie über die Lite-
ratur Aufschluss gab.

Krankheitsgeschichte: Pat. Pet. Schnorr,

40 Jahre alt, wurde am 9./6. 1873 in die innere Abtheilung der Charité aufgenommen.

Anamnese: Pat., früher stets gesund, verspürte Weihnachten vergangenen Jahres Schlingbeschwerden beim Schlucken, die allmälich an Heftigkeit zunahmen. Seit circa 14 Tagen haben dieselben zu einem vollständigen Unvermögen, Speisen und Getränke zu sich zu nehmen, geführt, indem sich bei jedem Versuche, zu essen oder zu trinken, heftiger Hustenreiz, verbunden mit Auswurf zeigt.

Stat. præs.: Grosser, kräftig gebauter Mann, stark abgemagert. Mundhöhle ergiebt keine Abnormitäten, Gaumenbögen leicht hyperämisch. Beim Versuche, feste oder flüssige Sachen zu geniessen, treten sofort nach dem Schlingact ausserordentlich heftige Würgebewegungen ein, durch welche, unter heftigen Hustenstössen, die genossenen Speisen und schleimig eitrige grasgrüne Sputa mit geringem Luftgehalt entleert werden. Bei der Sondirung mit dem Schlundschwamm findet sich dicht unterhalb des Eingangs des Oesophagus ein Hinderniss, das nur mit einiger Gewalt zu überwinden ist. Tiefer abwärts, etwa in der Höhe der Cardia, kommt ein zweites, an dem nur ein kleiner, etwa bohnengrosser Schlundschwamm sich vorbeiführen lässt. Bei der Herausnahme erscheint der Schwamm blutig tingirt. Die mikroskopische Untersuchung der am Schlundschwamm haftenden Gewebsfetzen zeigt massenhafte, z. Th. ganz verfettete kleine Epithelialzellen, dazwischen einige grosse Pflasterepithelien; erstere eingebettet in ein fibrilläres Stratum. Nirgends Drüsenanschwellungen. Bei der genauesten Untersuchung des Thorax keine Dämpfung; überall rein vesiculäres Athemgeräusch, nur an den untern Partien beiderseits vorn einzelne dumpfe Rasselgeräusche.

10. 6. Körpergewicht 110 Pfd. 15 Loth.

A. T. 38,0. P. 100.

11. 6. M. T. 36,8. P. 64. A. T. 38,2. P. 80.
12. 6. M. T. 38,4. P. 92. A. T. 39,1. P. 92.
13. 5. M. T. 37,5. P. 80. A. T. 38,1. P. 88.

Pat. hat etwas Nahrung zu sich genommen, welche nur nach wiederholtem Schlingen in den Magen gelangte. Pancreasclystier erhalten, das er aber nicht bei sich behalten hat. Wirft sehr viel dicke, schleimig eitrige Sputa aus, welche mit einer dicken Schaumschicht bedeckt sind. Der oben bei der Diagnose stattgefundener Perforation angegebene Versuch mit dem Schlundrohre (Hamburger) wurde hier von Herrn Geheimrath Professor Frerichs in einer für die Demonstration vervollständigten Weise ausgeführt. Es wurde ein Schlundrohr in den Oesophagus eingeführt und das aus dem Munde heraushängende Endstück in ein mit Wasser gefülltes Glas geleitet. Alsbald strömte bei jedem Athemzuge die Exspirationsluft unter pfeifendem Geräusch aus und sammelten sich die Luftblasen unter Wasser an, auf welche Weise sogar den entfernt sitzenden Herren die Communikation mit dem linken Bronchus, die sich eingestellt hatte, ad oculos demonstrirt wurde.

14. 6. M. T. 37,6. P. 72. A. T. 38,8. P. 88. Es besteht eine geringe Dämpfung H. R. U. dicht neben der Wirbelsäule, in der Höhe des 5—7. Brustwirbels. Scharf vesiculäres Athmen und einzelne Rasselgeräusche. Schlingbeschwerden und Hustenstösse wie früher.

15. 6. M. T. 38,4. P. 100. A. T. 38,9. P. 104. Körpergewicht 108 Pfd. 3 Loth.

16. 6. M. T. 38,2. P. 104. A. T. 39,0. P. 112.

17. 6. M. T. 38,3. P. 108. A. T. 38,5. P. 112.

18. 6. M. T. 38,4. P. 100. A. T. 38,0. P. 100. Körpergewicht 103 Pfd. 20 Loth.

19. 6. M. T. 37,6. P. 100. A. T. 39. P. 108. Keine Dämpfung, aber H. U. beiderseits, besonders L. consonirende Rasselgeräusche. Schlingbeschwerden wie früher. Bekommt täglich 2 Pancreasclystiere, die Pat. aber meist nicht länger als höchstens 1 Stunde bei sich behält.

20. 6. M. T. 38,4. P. 100. A. T. 39,3. P. 112.

21. 6. M. T. 38,3. P. 108. A. T. 38,9. P. 112. H. L. U. Dämpfung.

22. 6. M. T. 39,5. P. 112. A. T. 39,7. P. 120.

23. 6. M. T. 39,3. P. 132. A. T. 39,2. P. 132. Dämpfung auch R. U. Links ist sie bis zur Spina scapulae hinaufgegangen. Man hört besonders L. U. zahlreiche consonirende Rasselgeräusche. Klagt über Luftmangel und grosse Schwäche.

24. 6. M. T. 38,7. P. 148. A. T. 39,0. P. 150. Gestern Abend und in der Nacht leichte Delirien, sehr grosse Schwäche. H. hat sich der Schall wieder aufgehellt. Man hört sehr

zahlreiche, zum grössten Theil consonirende Rasselgeräusche. Sputum dick, von süssem stechendem Geruch.

25. 6. starb Pat. unter den Erscheinungen des Inanitionscollapsus.

Die Section ergab Folgendes: Bei Herausnahme der Brusteingeweide in toto zeigt sich etwa in der Mitte des 6. Brustwirbels eine feste Verbindung zwischen hinterer Wand des Oesophagus und der Wirbelsäule. Beim Ablösen wird hier der Oesophagus in ziemlicher Ausdehnung eröffnet, wodurch eine einzelne, unregelmässige, mit äusserst missfarbigem, fetzigem Grund begrenzte Höhle sichtbar wird. Dieselbe gehört nur z. Theil dem Lumen des Oesophagus selbst an, z. Theil ist sie auf Kosten der vordern Wand und des darüber befindlichen linken Bronchus. Etwa in der Mitte des Substanzverlustes der vordern Wand findet sich eine Perforationsöffnung etwa vom Umfange einer Erbse. Durch dieselbe gelangt man in den linken Bronchus, dessen hintere Wand zerstört ist.

In der linken Lunge findet sich nahe am hintern Rand des Unterlappens ein überwallnussgrosser Brandheerd mit graugrüner, bröckliger Füllungsmasse, die sehr stark stinkt. Aehnliche Bröckel, nebst trüber, jauchiger Flüssigkeit entleeren sich aus den grössern und kleinern Bronchien, sowie aus einer Reihe kleiner, noch nicht völlig zerfallener Brandheerde, welche durch den ganzen Unterlappen zerstreut sind. Der grössere Heerd liegt in directer

Verlängerung des Hauptastes des linken Bronchus.

Die rechte Lunge ist schlaff, durchweg lufthaltig. Einzelne kleine, erbsengrosse Brandheerde. Feinere Bronchien auch hie und da mit grünlichen Bröckeln gefüllt.

Ueber die Inanitions-Verhältnisse ergab die Untersuchung des Harns in diesem Falle nichts weniger als mit den allgemeinen Verhältnissen der chronischen Inanition übereinstimmende Resultate; vielmehr zeigten sich plötzliche starke Schwankungen in dem Verhältniss des Harnstoffs zum Harnvolum einerseits, und in der absoluten Menge des in 24 Stunden ausgeschiedenen Harnstoffs andererseits. So sank am 5. Tage nach der Aufnahme sowohl der Procentgehalt als die 24stündige Menge des Harnstoffs auf den 4. Theil der betreffenden Factoren vom vorhergehendem Tage herab, an welchem die ersten Pancreasclystiere gegeben wurden. Man kann sich dies merkwürdige Factum in der Weise erklären, dass erst mit diesem Tage eine vollständige Inanition in quantitativer wie qualitativer Beziehung eintrat. Einerseits hatte nämlich die Nahrungszufuhr per os vollständig aufgehört und andererseits waren die Klystiere, mit denen am vorhergehenden Tage begonnen war, unverdaut abgegangen, da sie kaum 1 Stunde retinirt wurden. Zudem zeigt das 1. Klystier im Allgemeinen keine ernährende Wirkung (Leube).

Man kann wohl annehmen, dass von den Klystieren in diesem Falle überhaupt nichts in Anschlag zu bringen ist, da sie nie länger als eine Stunde retinirt wurden und darf man daher auch die Ausgaben des Körpers von dieser Zeit an als Produkte der Selbstzehrung betrachten, so dass wir eine reine Inanition vor uns haben. Nichtsdestoweniger steigt die 24 stündige Harnstoffmenge zugleich mit dem Harnvolum am 7. und 8. Tage um's Doppelte und fällt erst dann stufenweise ab. Entsprechend dieser Mehrausgabe ist auch die Gewichtsabnahme des Körpers in diesen Tagen am grössten, wie aus der Krankengeschichte hervorgeht, und es lässt sich diese so plötzliche Steigerung der Selbstzehrung vielleicht durch das hinzugetretene Fieber erklären, obgleich die Temperatur durch die Lungenaffection nicht sehr bedeutend erhöht wurde. Im Uebrigen zeigen sich die Resultate der Harnuntersuchung, welche unter Leitung des Herrn Dr. Ewald stattfand, übersichtlich in nachstehender Tabelle.

Datum.	Spec. Gew.	Vol.	Na. Cl.	$\overset{+}{U}$	$\overset{+}{U}$ in 24 St.
10. 6.	1033	280?	$0,_{18}$	$4,_{43}$	$20,_0$
11. 6.	1030	525	$0,_{15}$	$4,_{82}$	$24,_9$
12. 6.	1031	560	$0,_{15}$	$5,_{15}$	$28,_8$
13. 6.	1022	240	$0,_{25}$	$4,_{93}$	$11,_8$
14. 6.	1035	225	$0,_{17}$	$1,_{25}$	$2,_8$
15. 6.	1030	470	$0,_{47}$	$1,_{19}$	$2,_3$
16. 6.	1031	450	$0,_{51}$	$1,_{26}$	$5,_6$
17. 6.	1030	300	$0,_{27}$	$1,_{89}$	$5,_0$
18. 6.	1033	290	$0,_{21}$	$1,_{24}$	$3,_5$
19. 6.	1030	350	$0,_{30}$	$1,_{02}$	$3,_4$
20. 6.	1033	230	$0,_{99}$	$0,_{89}$	$2,_0$
21. 6.	1030	270	$0,_{65}$	$0,_{55}$	$1,_3$
24. 6.	1028	200	$0,_{16}$	$0,_{83}$	$1,_6$

13. 6.   1tes Pancreasklystier.

Um nun zum Schlusse auf die künstliche Ernährung zu kommen, welche hier von keinem Erfolge sein konnte, da die Klystiere nicht retinirt wurden, obgleich vom Herrn Dr. Ewald das Einlegen des Obturators zur Bewirkung der Retention versucht wurde; so glaube ich dennoch, dass die auch hier angewandten Leube'schen Fleischpankreasklystiere vor allen anderen den Vorzug verdienen, da sie einerseits leicht zu bereiten sind, andererseits nur geringen Reiz auf die Darmschleimhaut ausüben. Wenn in diesem Falle die Massen nicht retinirt wurden, so muss das auf individuellen Ursachen beruhen, da zur Genüge bereits Beispiele vorliegen, wo dieselben gut ertragen wurden. Die Pankreasmischung hat Leube gewählt, weil diese dem gewöhnlichen Darminhalt am meisten ähnlich ist. Leube *) gibt nun folgende Vorschrift für die Bereitung der Injectionsmasse: Frisches Rindfleisch wird fein geschabt und das Geschabte fein zerhackt. Von der zerhackten Masse werden 150—300 Grm. auf eine Injection genommen und 50—100 Grm. vom Fett befreiter, fein zerhackter Bauchspeicheldrüse (möglichst frisch vom Rind oder Schwein) zugesetzt. Dieses Gemisch wird in einer Schale unter Zusatz von wenig lauwarmem Wasser (bis 100 CC.) zu einem dicken Brei angerührt. Will man die Verdauung von Fett damit verbinden, so gibt man 25—50 Grm. ($\frac{1}{6}$ der Fleischmasse)

---

*) „Ueber Ernährung der Kranken vom Mastdarm aus." Leipzig 1872.

zu und verarbeitet es recht innig mit der Fleischpankreasmasse. Herr Dr. Ewald rührte die Masse an mit Wasser und Glycerin zu gleichen Theilen, da man dadurch die Masse leichter durch Digeriren in Emulsionszustand bringen kann.

Durch sehr sorgfältige Versuche an Thieren und Menschen in physiologischen und pathologischen Zuständen gelangte nun Leube zu folgenden höchst erfreulichen Resultaten mit dieser Fleischpankreasmischung:

1. Die physiologischen Untersuchungen ergaben:

a. Dass eine Mischung von Fleisch- und Pankreassubstanz, per anum injicirt, im Dickdarm verdaut wird, und dass sich auf diesem Wege eine ausgiebige Ueberführung stickstoffhältigen Nahrungsmaterials in den Organismus mit Sicherheit zu Stande bringen lässt.

b. Ein Zusatz von Fett zu der Fleischpancreasinjectionsmasse beeinträchtigt die Verdauung der letzteren nicht, sobald die Menge des zugesetzten Fettes nicht ca. $\frac{1}{6}$ des eingespritzten Fleischquantums übersteigt.

c. Der Zusatz von Amylum zu den Pankreasnahrungsklystieren bewirkt durch die Umwandlung des Stärkemehls in Zucker leicht Diarrhöe.

2. Die Schlüsse in klinischer Beziehung sind folgende:

a. Die Injection eines aus feinzerhacktem Fleisch und feinzerhackter Pankreassubstanz bestehenden Gemisches in den Mastdarm macht fast nie Durchfall. Durchfall stellt sich leicht ein, wenn zu viel Fett der Injectionsmasse beigemischt ist.

b. Der Application des Pankreasklysma's hat unter allen Umständen ein einfaches Wasserklystier voranzugehen, indem nur der vollständig freie Dickdarm zur Verdauung der Pankreasnahrungsmassen geeignet ist.

c. Die ersten Klystiere, die der Kranke als Nahrung erhält, werden häufig anscheinend nicht verdaut.

d. Wird ein Klystier, nachdem mehrere Einspritzungen nacheinander gut vertragen wurden, vor der Zeit entleert, so wird es gerathen sein, um den Darm zu schonen, jedenfalls einen Tag mit den Injectionen auszusetzen.

e. Dieses Injectionsmaterial zeichnet sich vor andern als Material für Nahrungsklystiere empfohlenen Substanzen durch seine Wirksamkeit aus.

f. Der Kranke hat nach der Injection der Pankreasnahrungsklystiere keinerlei Beschwerden.

g. In allen Fällen wurde als Folge der Injectionen wenigstens vorübergehend ein Vollerwerden des Pulses beobachtet, eine Besserung des Allgemeinbefindens und eine Hebung des Vertrauens der Patienten.

Diese durch zuverlässige Untersuchungen erlangten Resultate müssen jeden Arzt auffordern, in **Fällen**, wo die künstliche Ernährung indicirt ist, die Fleischpankreasmasse zu erproben.

THESEN.

1. Das Diverticulum oesophagi ist am sichersten zu diagnosticiren durch die Auscultation.
2. Die Fleischpankreasmasse ist allen andern für Nährungsklystiere empfohlenen Substanzen vorzuziehen.
3. Zu ernährenden Injectionen per anum ist die Pumpe mit vertikalem Druck geeigneter als eine Klystierspritze mit horizontalem Druck.

Am 9. März 1850 wurde ich zu Geldern, in der Rheinprovinz geboren. Meine Konfession ist die katholische. Von Sexta bis Tertia besuchte ich die Rectoratsschule zu Xanten, erhielt alsdann meine wissenschaftliche Ausbildung im Collegium Augustinianum zu Gaesdonck und machte im Sommer 1869 das Abiturentenexamen zu Münster. Das Quadriennium meiner academischen Studienzeit verbrachte ich ausschliesslich an hiesiger Hochschule. Meine Lehrer während dieser Zeit waren: Bardeleben, du Bois-Reymond, Braun, Dove, Frerichs, Hartmann, Hofmann, v. Langenbeck, Liebreich, Martin, Meyer, Reichert, Senator, Schweigger, Traube, Virchow, Waldenburg.

Allen diesen Herren meinen herzlichen Dank!